つみきのいえ

ひとりの　おじいさんが
うみのうえにある　かわったいえに　すんでいました。
どうして　こんないえに　すんでいるのでしょう。

このまちでは　うみのみずが
だんだん　うえに　あがってきてしまうのです。

みずが　うえに　あがってきて、
すんでいた　いえが
みずのなかに　しずんでしまうと、
そのいえの　うえに
あたらしい　いえを　つくります。

そのいえが
また　みずのなかに
しずんでしまうと、
そのうえに
また　あたらしい　いえを
つくります。

こうして、まるで　つみきを
なんこも　なんこも　つみあげたような
こんな　いえが
できてしまったのです。

おじいさんは　このいえに　ひとりぼっちで　すんでいます。
おばあさんが　3ねんまえに　なくなってしまったからです。

おじいさんは　あさ　おきると、
いえのなかにある　つりぼりの　ふたを　あけて、
さかなを　つります。
ごはんの　おかずに　するためです。

そのほかに、やねのうえで、
たまごを　うんでくれる　にわとりや
パンを　やくための　こむぎを　そだてています。

たりないものは、いえの　ちかくを　とおる
ぎょうしょうにんの　ふねから　かいます。
くだものやさんの　ふね、やおやさんの　ふね、
おはなやさんの　ふね……

そして、おばあさんが　つかっていた
エプロンを　つけて、
じぶんで　ごはんを　つくります。

おじいさんは、
きんじょの　おじいさんと
チェスを　したり、

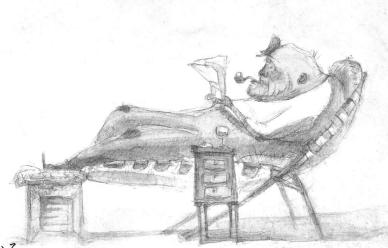

とおくに すんでいる
じぶんの こどもたちからの てがみを よんだりして、
まいにち たのしく くらしています。

そして よるに なると、
そとから きこえる なみのおとを ききながら、
おじいさんは ねむるのです。

そんな　あるとしの　ふゆのこと。
また　うみのみずが　ゆかまで　あがってきてしまいました。

「やれやれ……、また　あたらしい　いえを　つくらなきゃならんか……」
おじいさんは、おばあさんの　しゃしんを　みながら、
そう　つぶやきました。

そして　おじいさんは
こしを　いためないように　たいそうを　してから、
あたらしい　いえを　つくりはじめました。

むかしは　このまちには
いまよりも　もっとたくさんの　ひとが　すんでいました。
でも　みんな　いえを　つくりつづけるのを　やめて
ひっこしていってしまいました。

けれども　おじいさんは　ぜったいに
このいえに　すむのを　やめませんでした。

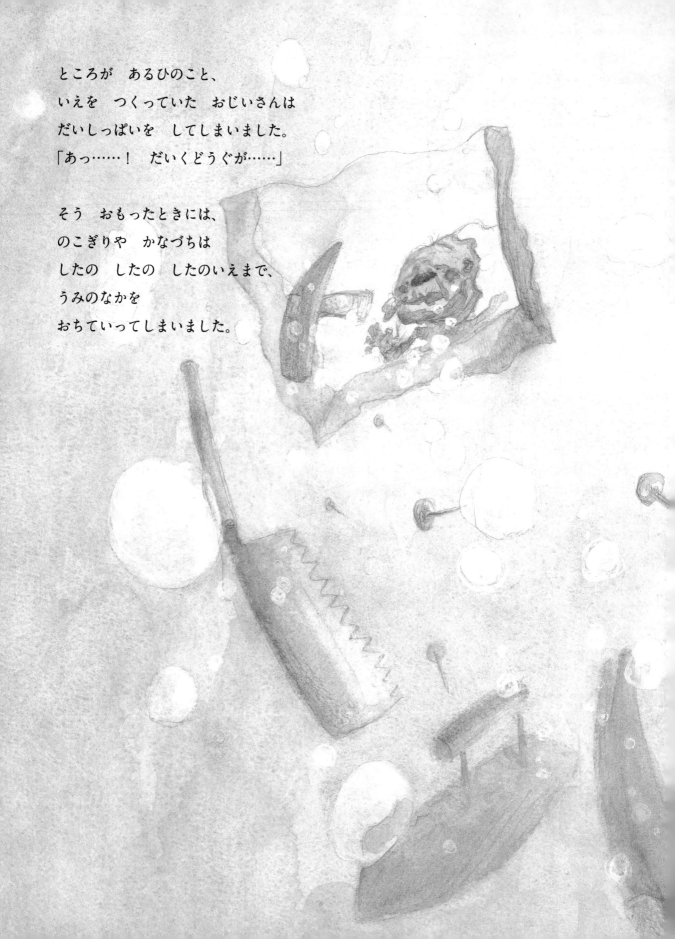

ところが　あるひのこと、
いえを　つくっていた　おじいさんは
だいしっぱいを　してしまいました。
「あっ……！　だいくどうぐが……」

そう　おもったときには、
のこぎりや　かなづちは
したの　したの　したのいえまで、
うみのなかを
おちていってしまいました。

「やれやれ……、とりに いくか……」
そこで おじいさんは せんすいふくを きました。

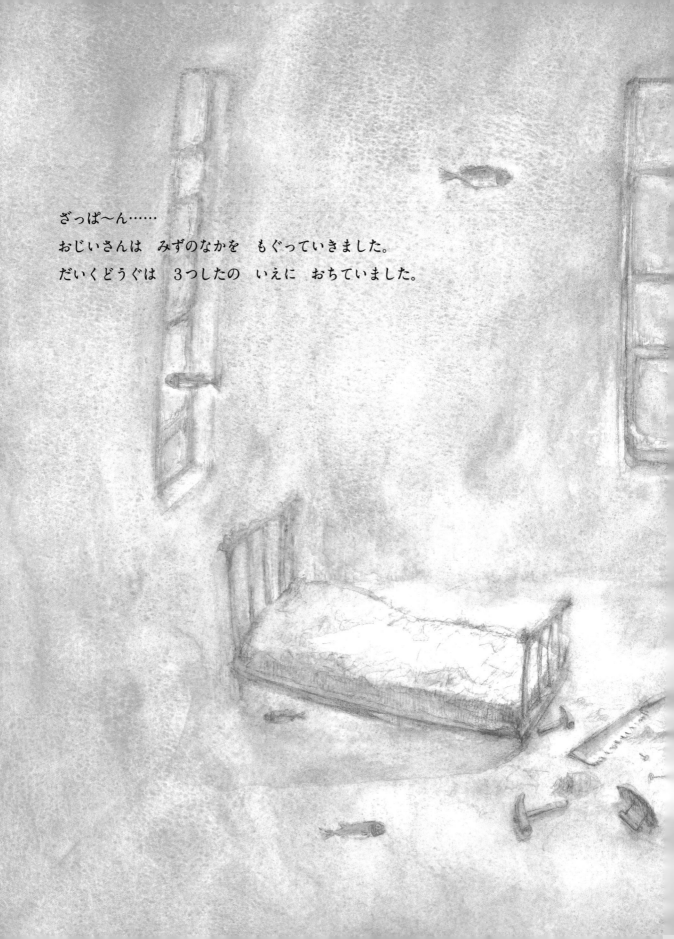

ざっぱ～ん……
おじいさんは　みずのなかを　もぐっていきました。
だいくどうぐは　3つしたの　いえに　おちていました。

けれど そのいえに きたとき、
おじいさんは 「あっ……」 と おもいました。
このいえは おばあさんと いっしょに
すんでいたときの いえだったのです。

それは　ずっとまえの　はるのひ。
おばあさんは　このいえで、
おじいさんと　おばあさんの　こどもたちに　みまもられながら、
なくなりました。
おばあさんが　なくなるとき、
おじいさんは　おばあさんの　てを　いつまでも　にぎっていました。

おじいさんは　もっと　したのいえへ
もぐってみたくなりました。
したのいえへ　もぐるたびに、
むかし　そのいえに　すんでいたときの　ことを
おもいだしました。

このいえに　すんでいたときの　こと。
まちで　カーニバルが　ありました。
おじいさんと　おばあさんの　こどもたちが、まごたちを　つれてきて、
おばあさんが　その　まごたちのために　おいしい　パイを　やきました。
いえいえの　まどが　でみせに　かわり、おんがくを　ならしながら
パレードの　ふねが　やってきました。

このいえに　すんでいたときは、
おじいさんと　おばあさんの　いちばんうえの　むすめが、
はなよめさんに　なって　でていきました。
おばあさんが　あつらえた　ドレスを　きて、
はなよめの　むすめは　とても　きれいでした。

このいえに　すんでいたときは、
かっていた　こねこが　いなくなってしまいました。
きっと　まちがって
ぎょうしょうにんの　ふねに　のってしまったのです。

まだ ちいさかった こどもたちは かなしくて なきました。
そして みんなで こねこへの おてがみを かいて、
ビンに いれて うみへ ながしました。

そして このいえは、おじいさんと おばあさんに
さいしょの あかちゃんが うまれた いえでした。
まだ わかかった おばあさんは
あかちゃんようの ちいさな ようふくを つくり、
おじいさんは このこのために ブランコを つくりました。

したのいえへ　したのいえへ
もぐっていくたびに、
どのいえにも　どのいえにも
おもいでが　のこっていました。

そして　おじいさんは
とうとう　いちばんしたの　いえまで　おりてきました。
そのいえは　とても　ちいさな　いえでした。

このばしょに まだ みずが なく、りくちだったとき、
おじいさんと おばあさんは まだ こどもでした。
ふたりは このばしょで いっしょに おおきくなり、
おとなに なって、そして けっこんを しました。

けっこんした ふたりは
ここに ちいさな いえを たてました。
おじいさんと おばあさんは ふうふに なって、
このいえで くらしはじめたのです。

その　さいしょの　いえの　うえに、
あたらしい　いえを　つくり、
また　そのいえの　うえに　いえを　つくり、
さいしょの　あかちゃんが　うまれた　いえも、
こねこが　いなくなった　いえも、
カーニバルが　あった　いえも、
ぜんぶの　いえが　つみきみたいに　つみかさなっていました。

そして　おじいさんは、ずっと　ここに　すみつづけてきたのです。

はるに　なりました。
おじいさんの　あたらしい　いえが
できました。

かべの　われめに
タンポポが　ひとつ
さいていました。
おじいさんは　それを　みて
うれしそうに　わらいました。

Leo's Family BOOK

加藤久仁生（かとう くにお）

１９７７年生まれ、鹿児島県出身。多摩美術大学グラフィックデザイン科卒業後、２００１年株式会社ロボット入社。同社のキャラクター・アニメーション部　アニメーションスタジオＣＡＧＥ所属。Ｗｅｂ、ＴＶなどで様々なアニメーションを手がける。２００３年監督した短編「或る旅人の日記」などにより国際的にも高い評価を得る。

平田研也（ひらた けんや）

１９７２年生まれ、奈良県出身。青山学院大学文学部仏文科卒業後、１９９５年株式会社ロボット入社。同社のコミュニケーション・プランニング部所属。ＴＶドラマ、劇場映画、ショートムービーなどの脚本を手がける。

加藤久仁生監督、平田研也脚本による短編アニメーション「つみきのいえ」は2008年、アニメ映画祭の最高峰と言われるフランス・アヌシー国際アニメーションフェスティバルでクリスタル（最高）賞、こども審査員賞をW受賞し一躍世界の注目を集めた。その後も広島国際アニメーションフェスティバル・ヒロシマ賞、文化庁メディア芸術祭アニメ部門・大賞などを次々と獲得、2009年2月には第81回米国アカデミー賞・短編アニメーション賞に輝いた。

本作品はアニメーション「つみきのいえ」を加藤久仁生・平田研也が絵本用にリメイク・描きおろしたものです。

つみきのいえ

平成20年10月21日　初版発行
平成21年3月30日　第7刷発行

著者　加藤久仁生　Kato Kunio
　　　平田研也　Hirata Kenya
　　　©ROBOT 2008

発行人　酒井俊朗
発行所　株式会社白泉社
〒101-0063　東京都千代田区神田淡路町2-2-2
電話03-3526-8060（編集）　03-3526-8010（販売）　03-3526-8020（制作）
印刷・製本　大日本印刷株式会社
装丁　冨永浩一

白泉社ホームページ　http://www.hakusensha.co.jp
HAKUSENSHA　Printed in Japan　ISBN978-4-592-76131-0